MW01177830

La magie du Cercle Blanc

© Hachette Livre, 2010, pour la présente édition.
Novélisation : Sophie Marvaud
Hachette Livre, 43, quai de Grenelle, 75015 Paris.

La magie
du Cercle Blanc

hachette
JEUNESSE

Bloom

C'est moi, Bloom, qui te raconte les aventures des Winx. À l'université d'Alféa où j'ai été élève, j'ai découvert peu à peu ma véritable identité. Je suis la fille du roi et de la reine de la planète Domino, qui a été détruite par les Sorcières Ancestrales. C'est ma sœur aînée, la nymphe Daphnée, qui m'a sauvée. Elle a trouvé sur Terre des parents adoptifs aimants à qui me confier. Aujourd'hui, je possède le formidable pouvoir de la flamme du dragon. Alors je suis en première ligne pour défendre la dimension magique et ses différentes planètes. Heureusement que je peux compter sur mes amies fidèles et solidaires : les Winx !

Belle, mon mini-animal, est un agneau magique. Adorable, non ?

Kiko est mon lapin apprivoisé. Il n'a aucun pouvoir magique et, pourtant, je l'adore.

Stella

Originaire de la planète Solaria, la fée de la lune et du soleil a une très grande confiance en elle. Un peu trop, parfois ! Heureusement qu'elle est aussi vive que drôle.

Ginger, son mini-animal, est un chiot magique.

Flora

Fée de la nature, douce et généreuse, elle est à l'écoute des plantes et elle sait leur parler. Cela nous sort de nombreux mauvais pas !

Coco, son mini-animal, est un chaton magique.

Tecna

Directe et droite, elle est d'une grande débrouillardise. Normal, elle est la fée des sciences et des inventions. Elle maîtrise toutes les technologies, auxquelles elle ajoute un zeste de magie.

Chicko, son mini-animal, est un poussin magique.

Musa

Orpheline, la fée de la musique est très sensible et pleine d'imagination. Face au danger, sa musique devient souvent une arme !

Pepe, son mini-animal, est un ourson magique.

Layla

Venue de la planète Andros, la fée des sports est particulièrement courageuse. Elle est très rapide et n'a vraiment peur de rien !

Milly, son mini-animal, est un lapin magique.

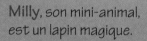

Roxy

Elle vit sur Terre. Nous ne la connaissons pas très bien, mais j'ai l'impression qu'elle a quelque chose de magique en elle…

Mme Faragonda

L'université des fées est dirigée par l'adorable Mme Faragonda.

Au royaume de Magix, un lieu hors du temps et de l'espace, la magie est quelque chose de normal. En plus d'Alféa, il y a la Fontaine Rouge, l'école des Spécialistes. Sans eux, la vie serait beaucoup moins intéressante…

Prince Sky

Droit et honnête, l'héritier du royaume d'Éraklyon sait mieux que personne recréer un esprit d'équipe chez les garçons. Son amour me donne confiance et m'aide à triompher des pires obstacles.

Brandon

Il est aussi charmant que dynamique et spontané. Pas étonnant que Stella craque pour lui.

Riven

Il apprend à maîtriser son impulsivité et son orgueil. Il voit beaucoup moins la vie en noir depuis que Musa s'intéresse à lui.

Timmy

Un jeune homme astucieux qui se passionne pour la technique. Avec Tecna, forcément, ils se comprennent au quart de tour.

Hélia

Un artiste plein de sensibilité. Flora n'en revient pas, qu'un garçon pareil puisse exister.

Nabu

Il vient de la même planète que Layla, Andros. Ils ont eu du mal à se comprendre, au début, mais maintenant, ils sont inséparables.

Convoité par les forces du mal,
Magix est le lieu d'affrontements terribles.
Les quatre sorciers du Cercle Noir
menacent la Dimension Magique…
et la Terre !

Ogron

Il est le chef du Cercle Noir.
C'est un sorcier tout-puissant,
dangereux et cruel. Il hait les Winx.

Anagan

Ce prédateur ne rêve que de
pouvoirs et de richesse.

Duman

Il peut se transformer en animal féroce à n'importe quel moment.

Gantlos

C'est un chasseur de fée qui aime détruire tout ce qui l'entoure.

Résumé des épisodes précédents

Nous avons enfin découvert la dernière fée de la Terre ! Il s'agit de Roxy, la fée des animaux, qui sait lire dans leurs pensées.

Être une fée paraissait incroyable à Roxy et cela la mettait très mal à l'aise. Mais lorsque son chien Artou s'est retrouvé en grand danger, elle a accepté de croire en la magie pour le sauver. Elle a ainsi acquis le pouvoir de Believix ! Et nous aussi par la même occasion !

Chapitre 1

Trois paires d'ailes

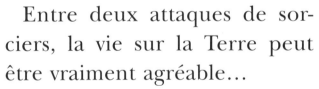

Entre deux attaques de sorciers, la vie sur la Terre peut être vraiment agréable…

D'abord, notre magasin a un succès fou. Chaque jour, les clients viennent adopter des animaux magiques, leur acheter de nouveaux accessoires ou les faire toiletter. Nous avons beaucoup de travail, mes amies et moi, mais nous pouvons être fières de nous. Et c'est un vrai bonheur de vivre au milieu de toutes ces adorables peluches vivantes !

Ensuite, Roxy nous a présentées à son père, Klaus, le patron du bar de la plage. Il est plutôt sympathique et il aime vraiment sa fille, bien qu'il ne comprenne pas sa passion pour les animaux.

Pour aider Roxy, Klaus a embauché de nouveaux serveurs. Il nous les présente sans savoir que nous les connaissons déjà :

— Voici Smile, dit-il en désignant Sky.

Je lance un clin d'œil à mon amoureux :

— Comme « sourire » en anglais ? Est-ce que tu as toujours le sourire ?

Il répond à mon clin d'œil.

— Si ma petite amie a le sourire, je l'ai aussi.

— Voici Brandy, Rivette, Tobia... ajoute Klaus au sujet de Brandon, Riven, Hélia...

Toujours très occupé, Klaus n'est en général pas très attentif. C'est peut-être pour ça qu'il n'a jamais remarqué les pouvoirs magiques de sa fille.

— Et toi, comment tu t'appelles, déjà ? demande-t-il à Nabu. Ah oui, Boubou.

Nous levons les yeux au ciel. Il interroge Timmy :

— Toi, tu es qui ?

— Timmy.

— Jimmy ? Tu n'es pas sur ma liste.

— C'est normal. Je suis juste venu encourager mes amis. Moi, je travaille chez un réparateur d'ordinateurs.

Avant, les Spécialistes livraient des pizzas, mais ils ont perdu leur travail parce qu'ils faisaient trop d'acrobaties sur leurs planches de skate. Il paraît que ça refroidissait les pizzas !

Klaus s'adresse à l'ensemble des Spécialistes :

— Alors, je vous préviens, les garçons, pas question d'approcher ma fille ! Elle est jolie et je la surveille de près.

Roxy rougit, très embarrassée.

— Ne vous inquiétez pas, monsieur, dit Stella, on surveillera les garçons, nous !

Un peu plus tard, installées sur la plage en maillot de bain, nous sirotons de délicieuses boissons aux fruits, servies par les Spécialistes... Nous échangeons des regards tendres. Chacune de nous s'est réconciliée avec son amoureux. Sauf Stella, toujours fâchée contre Brandon parce qu'il a embrassé une autre fille : Mitzie. Elle ne veut même pas entendre ses explications...

Le soir, de retour chez nous, Tecna installe la ligne magique qui nous relie au bureau de Mme Faragonda. Cela fait longtemps que nous ne lui avons pas parlé. C'est pourtant elle qui nous a envoyées en mission sur Terre. Elle doit être impatiente d'avoir de nos nouvelles !

L'image de notre chère directrice apparaît en trois dimensions. Je suis tellement contente de la bonne nouvelle que nous avons pour elle. Je prends la parole la première :

— Madame Faragonda, nous avons retrouvé la dernière fée de la Terre !

— Grâce à elle, nous nous sommes toutes transformées en fées Believix, ajoute Musa.

— Bravo, mesdemoiselles ! Quelle belle réussite ! Mais attention, pour débarrasser la Terre du Cercle Noir, vous devrez encore augmenter vos pouvoirs.

— Mais comment ? demande Layla. Même le pouvoir de

Believix ne nous a pas permis de vaincre les sorciers !

— C'est parce que vous ne le maîtrisez pas encore très bien. Vous avez encore beaucoup de choses à découvrir sur vous-mêmes, mesdemoiselles. Par exemple, savez-vous que vous avez trois paires d'ailes, avec chacune des pouvoirs différents ?

— Pas possible ! s'exclame Tecna. Trois paires d'ailes ! Lesquelles ?

— Celle de la super-rapidité, celle de la piste magique, et celle de la téléportation. Il faudra apprendre à les choisir en fonction de vos déplacements.

Nous ouvrons des yeux émerveillés.

— Quant au pouvoir de Believix, il vous aidera à soigner la Terre chaque fois que les humains la font souffrir… La première étape, comme vous le savez, c'est de les convaincre de croire à nouveau aux fées.

Les photos magiques

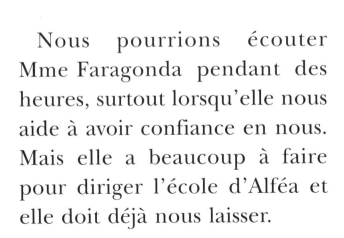

Nous pourrions écouter Mme Faragonda pendant des heures, surtout lorsqu'elle nous aide à avoir confiance en nous. Mais elle a beaucoup à faire pour diriger l'école d'Alféa et elle doit déjà nous laisser.

À peine avons-nous coupé la communication, que mon téléphone sonne.

— Allô, Bloom ?

Je reconnais la voix de Roxy. Elle semble très inquiète.

— Que se passe-t-il ?

— J'étais très fatiguée, alors je suis allée me coucher. Mais j'ai fait un cauchemar. Et quand j'ai allumé la lumière, il y avait des photos au pied de mon lit.

— Des photos ?

— Elles sont d'habitude dans l'album de famille. Mais on dirait qu'elles en sont sorties toutes seules. Et il se passe des choses très bizarres…

Que veut-elle dire ?

— Ne t'inquiète pas, Roxy. Ne bouge pas de ta chambre, on arrive tout de suite !

Mes amies et moi survolons la ville de Gardenia. En quelques minutes, nous voici dans la chambre de Roxy. Elle a vraiment l'air effrayé.

— J'ai revu la femme blanche ! Celle qui m'était apparue pendant notre combat contre les sorciers... J'ai reconnu sa voix... C'était juste un cauchemar, mais ça semblait tellement réel !

Elle nous montre les trois photos en noir et blanc posées au pied de son lit. Stella s'agenouille devant pour les observer.

— C'est drôle, en rang comme

ça, on dirait qu'elles racontent une histoire.

Soudain, Stella ramasse les photos et les lance en l'air. Elles retombent sur le sol exactement dans le même ordre.

— Incroyable ! Ce n'est sûrement pas un hasard.

Curieuse, je les examine à mon tour.

— Des bagages, une voiture, une maison dans la montagne… On dirait qu'elles nous invitent à partir en vacances. Tu te souviens de cette maison, Roxy ?

— Oui. Mes parents et moi, on y allait souvent l'été quand j'étais petite. Je me souviens que je m'y amusais beaucoup.

— Ces photos sont un message. Pour le comprendre, on doit aller sur place. Tu saurais retrouver l'endroit ?

— Avec une carte, je devrais y arriver.

— Parfait. Alors, les Winx, au programme de demain : excursion en montagne !

— Super !

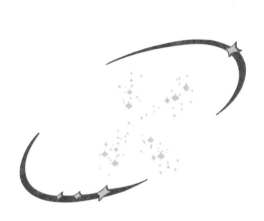

— Ils ont coupé plein d'arbres, s'étonne Roxy. C'était tellement beau, avant…

Nous attachons nos chevaux et entrons à pied dans la propriété. Flora se penche vers le sol.

— Je sens la douleur des plantes. Elles me racontent qu'elles ont beaucoup souffert...

Je m'exclame :

— Et moi, je perçois de l'énergie magique tout près d'ici !

Tecna ouvre son ordinateur.

— Tu as raison, Bloom. La concentration est même énorme.

— Eh, vous, là-bas, dégagez de là ! Vous êtes chez moi !

Un homme vient de sortir de derrière la maison. Il devait être en train de couper du bois car il tient une grande hache dans sa main. Je m'avance vers lui en souriant.

— Vous êtes monsieur Batson ?
On voulait juste jeter un coup
d'œil à votre jolie ferme.

— Pas d'étrangers chez moi !
Ni de campeurs ! Allez-vous-en !

Son ton est très menaçant.
Nous préférons sortir de son

terrain, reprendre nos chevaux et nous installer un peu plus loin dans une clairière.

Combat
à la ferme

Mes amies et moi discutons de ce que nous devons faire.

— Si on ne rentre pas dans cette maison, dis-je, on ne saura pas ce que signifie le message envoyé à Roxy.

— Et si on se débarrassait de

ce type à l'aide de nos pouvoirs ?
suggère Layla.

— Les plantes me disent que
c'est lui qui a coupé les arbres,
indique Flora.

— On pourrait l'endormir
pendant une semaine avec une
formule magique, propose
Stella.

Je proteste :

— Cet homme n'est pas très
sympathique, mais ce n'est pas
une raison pour lui faire subir
ce genre de punition !

— S'il savait que nous sommes des fées, il se laisserait peut-être convaincre, dit Musa.

— Mais croire aux fées, c'est un sentiment qui vient de l'intérieur de chacun. On ne peut pas forcer quelqu'un à le ressentir !

Soudain, notre débat est interrompu par les sorciers du Cercle Noir qui surgissent devant nous ! Hélas, un nouveau combat nous attend... Vite, nous nous transformons en fées Believix.

C'est le sorcier Duman qui attaque le premier en se métamorphosant en ours sauvage.

Heureusement, Flora arrête son assaut grâce à des lianes magiques.

Alors Gantlos fait trembler la terre, ouvrant des cratères et des failles sous nos pieds. Je rattrape Roxy de justesse avant qu'elle ne soit engloutie… Mais la jeune fille n'est pas habituée comme nous à ces terribles combats. Elle s'évanouit dans mes bras.

Je la réanime avec une formule magique.

— Va te mettre à l'abri, Roxy !

Pendant qu'elle s'enfuit en

direction de la ferme, les sorciers créent une spirale de feu qui secoue les arbres et nous attire avec une puissance incroyable. C'est seulement grâce à tous nos pouvoirs réunis que nous réussissons à résister.

Une fois encore, notre force est à égalité. Puisque nous ne pouvons pas les vaincre, nous utilisons notre poussière de fée pour réduire notre taille et devenir des mini-fées. Et nous disparaissons dans la forêt, satis-faites de notre plan.

Suivant la piste magique de Roxy, nous parvenons à la ferme. La fée de la Terre s'est cachée dans la grange. Nous passons par un trou dans une planche et la rejoignons à l'in-térieur.

D'abord surprise de notre petite taille, Roxy est très

contente de nous voir. Mais soudain nous sentons de la fumée…

Musa regarde au-dehors.

— Les sorciers nous ont retrouvées ! Ils sont prêts à nous attaquer de nouveau.

Je les observe à mon tour.

— Tu veux dire qu'ils ont déjà lancé une nouvelle attaque. Regarde : la grange prend feu !

Très rapidement, la fumée envahit l'espace. Nous toussons et nous avons de plus en plus de mal à respirer. Par la fente, je vois Batson sortir de sa maison, paniqué.

— Au feu ! crie-t-il. Au secours !

Grâce à une formule magique, les sorciers le paralysent. Ils s'apprêtent à l'anéantir. Nous ne pouvons pas les laisser faire !

Toujours de la taille de mini-fées, mes amies et moi filons dehors. Courageusement, nous nous interposons entre les sorciers et leur victime inconsciente...

Chapitre 5

Ce que Bloom ne sait pas

Restée seule dans la grange, Roxy est obligée d'entrouvrir la porte pour pouvoir respirer. L'ombre d'Ogron, le chef des sorciers du Cercle Noir, se dresse alors devant elle.

— Regardez qui est là, ricane-
t-il.

Roxy recule jusqu'au fond de
la pièce. Soudain, elle remar-
que une lueur qui vient d'appa-
raître sur le sol. Intriguée, elle
s'approche. Il s'agit d'un anneau
de métal de la taille d'un fris-
bee d'où sort une étrange
lumière blanche.

Ogron comprend avant elle
qu'il s'agit d'un objet magique.
Il se précipite pour le ramasser.

— On dirait la flamme de la
Terre !

Mais lorsqu'il le prend dans
sa main, l'objet le brûle si fort

qu'il doit le lâcher. Il s'enfuit
dehors.

Cette fois, Roxy comprend
l'importance de cette découverte. Elle attrape l'anneau de
lumière blanche : elle n'est pas
brûlée, au contraire, il lui donne

une immense confiance en elle. Elle court dehors et le brandit en criant :

— Créatures du ciel et de la forêt, venez m'aider !

Une puissance magique jaillit de l'anneau. Il se passe alors quelque chose d'extraordinaire : des corbeaux et des guêpes jaillissent de l'horizon. Ils se concentrent autour des sorciers pour les attaquer avec leur bec ou leur dard.

Ogron rejoint ses amis affolés :

— Depuis qu'elle possède le Cercle Blanc, cette fée est trop forte pour nous ! On s'en va !

Les sorciers disparaissent, laissant la voie libre aux Winx et à Roxy. Les oiseaux et les insectes repartent vers la forêt. La fée de la Terre se laisse tomber sur le sol, épuisée mais satisfaite.

Chapitre 6

Croire aux fées

Nous entourons Roxy pour la féliciter de sa force et de son courage. Pendant ce temps, Batson reprend connaissance. Il s'arrache les cheveux :

— Ma grange est en feu !

Grâce à quelques formules

magiques, nous arrêtons l'incendie. La propriété redevient exactement comme avant.

Mais le pauvre Batson semble complètement dépassé par les événements. Il n'arrête pas de se plaindre :

— J'ai mal partout… J'ai des vertiges… Des hallucinations…

Comment est-ce qu'un homme qui ne croit pas aux fées pourrait comprendre ce qui vient de se passer ? À bout de forces, il s'évanouit de nouveau.

Je suggère à mes amies :

— Et si nous utilisions nos pouvoirs Believix pour qu'il croie en nous ?

Agenouillée près de lui, je pose ma main sur son buste pour lui transférer mon énergie magique :

— Forces de la vie !

Son front se détend. Je poursuis :

— Concentrez-vous, monsieur Batson... Pensez à des choses positives... À tout ce que vous aimez dans la vie.

Il entrouvre les yeux et sourit. Flora lance alors quelques

formules magiques pour accélérer la croissance de la nature. Stupéfait mais heureux, M. Batson contemple sa propriété encore plus belle qu'avant, avec ses arbres, ses fleurs et ses jolis papillons.

— Comment c'est possible ? C'est magique ! On dirait presque la ferme à l'époque où je l'ai achetée. Est-ce que... par hasard... vous seriez des fées ?

Nous hochons la tête. Flora ajoute :

— Respirez la vie, monsieur Batson. Regardez comme la

nature est belle. Écoutez-la. Elle mérite d'être respectée.

À ces mots, les yeux du fermier se remplissent de larmes :

— C'est moi qui ai détruit la beauté de cette ferme. J'étais plein de haine envers la nature,

et aussi envers les gens. Comment j'ai pu faire tant de mal ?

Il se met à pleurer.

— Ne soyez pas triste, dit Flora. Puisque vous êtes le propriétaire de ces lieux, vous avez le pouvoir de leur redonner leur ancienne splendeur.

— C'est promis ! Je vais devenir un homme meilleur. Je vais apprendre à traiter la nature et les humains avec respect.

Je me relève.

— Merci pour la Terre, monsieur Batson. Merci de croire en nous, les fées.

Nous le saluons et quittons sa

propriété. Nous devons rentrer à Gardenia. J'ai hâte d'aller au bar de la plage et de raconter nos nouvelles aventures à Brandon.

La découverte de l'anneau blanc me semble importante

dans notre lutte contre les sorciers. C'est la première fois qu'ils sont effrayés par nos pouvoirs au point de s'enfuir !

Mais il reste le mystère de la forme blanche qui est apparue à Roxy. C'est sûrement elle qui l'a guidée jusqu'ici grâce aux photos. Pourquoi ? Qui est-elle exactement ?

Chapitre 7

Une invitation incroyable

Pendant le voyage du retour, nous nous rappelons que le concert d'Andy et de ses amis a lieu ce soir au bar de la plage.

— Vous savez quoi ? dit Stella. Je vous accompagne. Je ne vois pas pourquoi je me punirais moi-même parce que Brandon a embrassé une peste.

Je me tourne vers mon amie :

— Stella, tu devrais vraiment lui laisser une chance de s'expliquer.

— Oui, peut-être, Bloom. Je vais voir.

Elle fait la fière mais je pense que c'est pour cacher son émotion.

À notre arrivée à Gardenia, nous prenons une longue douche pour nous rafraîchir. Puis nous choisissons nos plus jolies tenues de fête.

Les Spécialistes, qui ne travaillent pas ce soir, sont pourtant déjà au bar. Ils viennent à notre rencontre, en souriant.

— Que penses-tu de la planète Terre, Nabu ? lui demande Layla.

— C'est une planète intéressante. Mais ce qui est merveilleux, c'est d'y être avec toi.

— Est-ce que tu veux que je t'apporte ta boisson préférée, Bloom ? me demande Sky.

— Merci mais je préférerais que tu restes près de moi.

Sur la scène du bar, Andy commence à chanter des chansons d'amour. Flora et Hélia se serrent l'un contre l'autre. Layla danse avec Nabu sur un rythme latino. Et chacune de nous se rapproche de son amoureux.

Sauf Stella qui fait semblant de ne pas voir Brandon. Elle refuse toujours de discuter avec lui. Le pauvre a l'air malheureux. Je suis certaine qu'il aime toujours Stella. Mais notre amie peut être tellement têtue !

Et voilà Mitzie qui entre dans le bar, avec deux amies. Très sûre d'elle, elle emprunte à Andy son micro et se lance dans une chanson d'amour, en venant se coller à Brandon !

D'un seul coup, Stella n'est

plus indifférente à ce qui arrive à ce dernier.

— Elle est gonflée, cette peste ! Personne n'a le droit de lui chanter une chanson d'amour, sauf moi !

Je tente de calmer mon amie. Mais à l'aide d'une formule magique, elle fait venir un autre micro jusqu'à elle et elle se met à chanter en même temps que Mitzie. Elle se place debout de l'autre côté de Brandon, en lui lançant des regards tendres.

Entouré de deux filles amoureuses de lui, le pauvre Spécialiste semble tout gêné. Bien sûr, il

est rassuré sur les sentiments de
Stella à son égard. Mais il préfé-
rerait une grande déclaration
dans un endroit tranquille !

Heureusement, l'attention de
la salle se porte maintenant sur
Musa, invitée par Andy à monter

sur scène. Notre amie doit égale-
ment affronter la jalousie de
Riven. Il n'aime pas qu'elle par-
tage son goût de la musique
avec Andy. Mais elle tient bon.
Elle aime tellement chanter ! Et
le public adore sa voix !

À la fin de sa chanson, un
grand jeune homme très élé-
gant s'approche de moi.

— Tu es l'ami de cette jeune
fille, n'est-ce pas ?

— En effet.

Il sort de sa poche une carte
de visite.

— Tu lui donneras ça de ma
part. Je suis producteur et je

peux faire d'elle une star.
Qu'elle me rappelle bientôt.

Stupéfaite, je le regarde quit-
ter le bar. Quelle nouvelle
incroyable ! Notre amie Musa
va-t-elle devenir une chanteuse
célèbre sur cette planète Terre ?

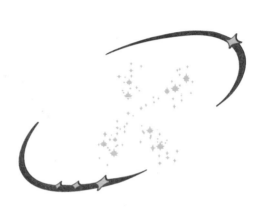

Chapitre 8

Ce que Bloom ne sait pas

Tandis que les Winx se déten-
dent et tentent de régler leurs
problèmes de jalousie, les sorciers du Cercle Noir se retrouvent
dans leur refuge sur Terre, l'un
des hangars du port.

Ogron redonne de l'énergie

à son groupe de chasseurs de fées :

— On est à deux doigts de devenir les maîtres de l'univers. Il nous reste juste à capturer la dernière fée de la Terre. Et maintenant, on sait qui elle est et où elle vit. Mais d'abord, on doit récupérer le Cercle Blanc ! Les fées sont trop puissantes grâce à lui...

Formant leur spirale de feu, les sorciers se concentrent.

— Cercle Blanc, Cercle des Fées, où te caches-tu ? Viens à nous, qu'on puisse te détruire !

Au même moment, seule dans l'arrière-boutique du bar, Roxy contemple l'anneau blanc. Son chien aboie. Elle se tourne vers lui.

— Je comprends ton inquiétude, Artou. Mais tu ne crois

pas qu'il est temps pour moi d'affronter mes peurs ?

Une voix s'élève alors.

— Roxy ?

La fée reconnaît celle de la mystérieuse forme blanche. Artou court se cacher au fond de la pièce.

— Nebula est enfermée depuis trop longtemps, dit la voix. Il est temps de l'aider à s'échapper.

Effrayée, Roxy tente de résister à la force magique qui vient de l'anneau. Mais la jeune fille n'est qu'une fée débutante. Elle n'arrive pas à s'opposer à la mystérieuse forme blanche qui s'en échappe.

— Après tant de siècles, Nebula est libre de vivre à nouveau !

C'est Roxy qui parle mais sa voix a changé, ainsi que son regard. C'est maintenant la sorcière Nebula qui dirige son esprit. Et contrairement à la fée des animaux qui veut aider la Terre et ses habitants, la sorcière n'a qu'un seul but : se venger du Cercle Noir !

Voilà qui risque de compliquer encore la mission des Winx sur la Terre…

FIN

Bloom et ses amies sont prêtes pour de nouvelles aventures !

Dans le Winx Club 36 : La vengeance de Nebula

Roxy est possédée par la voix du Cercle Blanc. C'est en fait la fée Nebula qui veut se venger des sorciers du Cercle Noir… Les Winx vont tout faire pour la libérer mais elles ont aussi une autre mission : convaincre les humains de croire en leurs pouvoirs !

Pour connaître la date de parution de ce tome, inscris-toi vite à la newsletter du site :
www.bibliothequerose.com

Tu connais tous les secrets des Winx ?

Retrouve toutes les histoires de les fées préférées
dans les livres précédents…

Saison 1

1. Les pouvoirs de Bloom **2. Bienvenue à Magix** **3. L'université des fées** **4. La voix de la nature** **5. La Tour Nuage** **6. Le rallye de la rose**

Saison 2

7. Les mini-fées **8. Le mariage de Brandon** **9. L'étrange Avalon** **10. À la poursuite du Codex**

11. Sur la planète du prince Sky **12. Que la fête continue !** **13. Alliance impossible** **14. Le village des mini-fées** **15. Le pouvoir du Charmix** **16. Le royaume de Darkar**

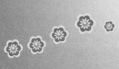

Saison 3

17. La marque de Valtor

18. Le Miroir de Vérité

19. La poussière de fée

20. L'arbre enchanté

21. Le sacrifice de Tecna

22. L'île aux dragons

23. Le mystère Ophir

24. La fiancée de Sky

25. Le prince ensorcelé

26. Le destin de Layla

27. Les trois sorcières

28. La magie noire

29. Le combat final

Saison 4

30. Les chasseurs de fées

31. Le secret des mini-fées

32. Les animaux magiques

33. Une fée en danger

34. Le pouvoir du Believix

Les aventures les plus magiques des Winx dans trois compilations !

6 histoires magiques
de la saison 1

6 histoires féeriques
de la saison 2

6 histoires incroyables
de la saison 3

L'histoire extraordinaire de Bloom enfin révélée !

Le roman du film
Le Secret du Royaume Perdu

Le hors-série Winx Club
avec le roman du film,
des jeux et des tests
Le Secret du Royaume Perdu

Le roman du spectacle
Winx on Ice

Toute la magie des Winx en DVD !

france 3

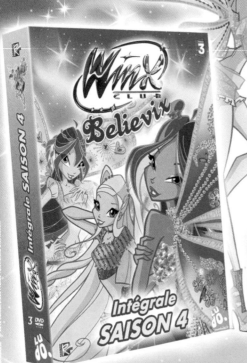

Intégrale SAISON 4

CE COFFRET 3 DVD COMPREND :

- les 26 épisodes de la saison 4
- Une couverture pailletée
- Des fiches de présentation des nouveaux personnages et de la magie Believix
- 2 jeux :
  "Crée ta propre affiche pour le concert des Winx"
  & "Habille toi-même les Winx" !

Disponible en coffret 3 DVD en novembre 2010

Table

Composition **Nord Compo** – Villeneuve d'Ascq

Imprimé en France par Jean Lamour – Groupe Qualibris
Dépôt légal : juin 2011
20.20.2130.1/02 – ISBN 978-2-01-202130-3
Loi n°49-956 du 16 juillet 1949
sur les publications destinées à la jeunesse